Mario Buchner
Wie der Plöttner Sepp zum Herrgott fand
Eine bayerische Weihnachtsgeschichte

Wie der Plöttner Sepp zum Herrgott fand

Eine bayerische Weihnachtsgeschichte
von Mario Buchner

© 2011 Mario Buchner

Herstellung und Verlag: BoD – Books on Demand, Norderstedt

Originalausgabe 3. Auflage 2017

Umschlaggestaltung Books on Demand unter Verwendung eines Fotos von Mario Buchner: Deckenfresko in der Kirche St. Nikolaus zu Jachenau

ISBN 9 783732289721

Bibliographische Information
der Deutschen Nationalbibliothek:
Die Deutsche Nationalbibliothek verzeichnet diese
Publikation in der Deutschen Nationalbibliographie; detaillierte bibliographische Daten sind im
Internet über dnb.d-nb.de abrufbar.

Für meine Eltern

I.

Ein wahrer Christenmensch ist der Plöttner Sepp noch nie gewesen. Zu rau und hart war das Leben hier heroben in der Jachenau, um einen Herrgott in einem fernen Himmel auf Knien anzuflehen, damit all die Bekümmernis, welche die Menschen in den Bergen von Angedenken an zu erdulden hatten, bald ein Ende haben sollte. So zauderte er denn auch nicht, an diesem heiligen ersten Adventus, dem dreißigsten Tag im November des Jahres 1806, als zur vierten Stund sein Sohn Seppi fiebrig in die stille Schlafstube der beiden Bauersleute gestürmt kam.

"Vater! Vater! Komm schnell, Du musst aufstehen. Komm schnell, mit der Liesel da stimmt was nicht."

Dem Plöttner Sepp wurde gerade angst und bang, wie er den Buben so reden hörte. Nur mit dem Schlafhemd bekleidet entschwand er in den eiskalten Stall, um nach der jämmerlichen Kreatur Ausschau zu halten. Auf dem hart gefrorenen Boden lag das arme Viech da und tat recht schauderlich klagen, so sehr setzte ein widerlicher Schmerz ihm zu.

Nun war auch die Bäuerin hinzugekommen, gleichfalls nur im Schlafhemd, und bat ängstlich um eine Auskunft ihres Mannes. "Was hat sie denn, die Liesl?"

"Ich weiß auch nicht, Anna. Aber das schaut nicht gut aus." Dem Bauer stand die Angst im Gesicht. "Da muss der Bichler Franz kommen, sonst stirbt uns das Viech noch." Eilend verschwand er aus dem Stall.

"Sepp, nun wart doch", rief ihm die Anna flehentlich in die Stube hinterher. "Wer soll den Franz denn zahlen? Wir haben doch kein Geld."

"Mach Du das, wofür Dich dein Herrgott erschaffen hat und richte mir eine Brotzeit her. Die werde ich brauchen können für den langen Weg zum Bichler Hof. Und lass die Geldsorgen meine Sorgen sein, Anna. Ich mach das schon mit dem Franz, glaub mir!"

"Ich will auch mitkommen, Vater", bettelte sich der kleine Seppi dazwischen. "Bitte, Vater! Bitte!"

Da kam das Herz der armen Mutter in arge Bedrängnis. "Seppi, Du bist noch viel zu klein. Es ist Nacht und draußen stürmt und schneit es wie wild."

"Anna, lass den Buben. Der Bub muss lernen, daß wir da heroben für uns allein sorgen müssen." Mit väterlich strengen Blicken schaute der Bauer zu seinem Sohn herüber. "Seppi, zieh Dich an, Du kommst mit."

"Sepp!", mahnte die Anna demütig ihren Mann. "Versündige Dich nicht an deinem einzigen Kind."

"Danke, Vater! Danke!", triumphierte der Bub und ward nur wenige Augenblicke später in voller Aufmachung abmarschbereit in der Stube gesehen.

Aus dem Ofen entsprang eine behagliche Wärme und ein Gemisch aus holzigem Rauch und dem Duft der aufgebrühten Kräuter im Kessel, welche die Mutter im letzten Sommer auf den saftigen Almwiesen gesammelt hatte, durchdrang den engen Gaden. Der Schein der selbstgemachten Wachskerzen sorgte für Licht.

"Da, iss was!", mahnte der Vater gebieterisch. Stumm reichte die Mutter ihrem Seppi ein Holzbrett. Voller Heißhunger und Tatendrang biss das Kind in das Brot und schnitt sich genüsslich kauend einen groben Kanten aus dem Räucherschinken, der auf dem Tisch lag. Wie ein Mann stach er das schwere Messer zurück in das derbe Fleisch. Als der Bauer dieses Anblickes gewahr wurde, unterbrach er seine Brotzeit, lehnte sich auf der Holzbank unter dem Herrgottswinkel zurück, verschränkte die Arme vor der Brust, sah dann zuerst seinen Spross und hernach seine Anna an. Mit einem zufriedenen Lächeln widmete er sich wieder seiner Speise. Von all dem erfuhr der Bub nichts, zu sehr war er schon in Gedanken mit dem Marsch durch den verschneiten Winterwald beschäftigt.

II.

Von Ost nach West verläuft das Tal der Jachen. Unterhalb der Gipfel des Staffel- und des Wilfetsbergs liegen jene Schattenhöfe, zu denen sich in den langen Wintermonaten die erhellenden Strahlen der Sonne, nur durch den Widerschein auf dem gegenüberliegenden Nordhang zu Füßen der Benediktenwand verirren. Die Glocken von Sankt Nikolaus schlugen gerade die sechste Stunde an, als der Vater und der Sohn zu ihrem mühsamen Fußmarsch aufbrachen. Der Schein ihrer Kerzenlampen durchdrang nur schwach das dichte Schneetreiben vor ihren Augen. Die mächtigen Tannen wogten unter der schweren Last des Schnees im Sturm bedrohlich hin und her. Der Vater schritt voraus und der Bub trat in die Fußstapfen des Alten. Schon über eine Stunde marschierten sie nun so hintereinander her, als sich der Vater zum ersten Mal nach dem Buben umschaute.

"Geht´s noch, Seppi?" Das Schneegestöber hätte den Ruf des Vaters beinahe überstimmt.

"Wie weit ist es denn noch, Vater?"

"Noch gut eine Stunde."

Dem Bub wurde es eng in der Brust. "Mach Dir um mich keine Sorgen, Vater. Ich schaff das schon.", sprach der Junge tapfer.

Ohne ein Wort stapfte der Alte weiter durch den tiefen Schnee. Dem Seppi fiel es immer schwerer, mit dem Vater Schritt zu halten. Die kleinen Füße schmerzten, die Beine wurden ihm immer schwerer und in seinem zarten Gesichtchen brannte der Frost. Indes wurden die Schritte des Alten immer größer. Lagen am

Anfang ihres Marsches noch zwei Fußstapfen zwischen dem Vater und dem Sohn, so waren es nun schon derer zwanzig, und mit jedem Schritt wurden es mehr. Dem Kleinen wurde es gerade ganz schlimm, als er die Stimme des Alten vernahm.

"Komm, Seppi. Wir sind da!"

Am liebsten hätte der Bub vor Freude geweint, so erleichtert war die Kinderseele, den mühsamen Aufstieg geschafft zu haben. Schon fiel dem Kind auch das Gehen nicht mehr gar so schwer.

Unter einer dicken Schneedecke verborgen, lag der Bichler Hof kaum sichtbar im Berg. Nur ein warmer Lichtschein verriet die Anwesenheit der Bauersleute, in dieser unwirtlichen

Natur. Nach drei kräftigen Schlägen an die massive Holztür wurde ihnen endlich aufgetan.

"Grüß Gott, Ihr beiden. Kommt nur schnell herein." Der Bichler Franz war ein großes Mannsbild von kräftiger Gestalt und gesegnet mit einem herzensguten, edlen Gemüt. Auch die Bäuerin war ein warmherziges und gottesfürchtiges Weib.

"Setzt Euch!", lud der Franz seine Gäste an den Tisch ein und die Rosmarie, seine Frau, stellte Holzbecher mit dampfendem Tee vor einen jeden.

"Erzählt, was treibt Euch in aller Herrgottsfrüh, bei diesem Unwetter, zu uns da herauf?"

"Meine beste Kuh, die Liesl, die ist krank, Franz. Das schaut nicht gut aus und ich wollt

Dich bitten, ob Du Dir das Viech einmal anschauen könntest?"

Weit über die Grenzen der Jachenau hinaus, waren die Bichler-Bauern seit vielen Generationen für ihr uraltes Heilwissen bekannt. Einer der Urahnen des Franz Bichler, so erzählen sich die Leute noch heute im Tal, soll sogar dem Abt von Benediktbeuern mit seinem Wissen um die Kräfte der Natur das Leben gerettet haben.

"Dann lass uns nicht länger da herum sitzen, Sepp!", sprach sogleich der Franz und erhob sich wieder von der Bank.

"Aber, Franz!", gebot die Bäuerin mit sanfter Stimme, "jetzt lass die beiden erst einmal durchschnaufen. Schau, der arme Bub ist ganz hernieder mit seinen Kräften."

"Recht hast, Weib!", gestand der Mann und schaute den Seppi mit funkelnden Augen an. Dann sprach er mit geheimnisvoller Stimme: "Seppi, weißt Du was? Ich will Dir was zeigen."

Mit kindlicher Erwartung hob der Bub den Kopf und schaute den Bauern und hernach seinen Vater an.

"Komm mit in den Stall, dann zeig ich Dir was." Der Bichler Franz nahm eine Kerze von der Wand und schob den Riegel zum Verschlag zur Seite. Mit dem Segen des Alten folgte der Junge dem Bauern in die Stallung. Hier herinnen war es ebenfalls recht warm, das fiel dem Seppi sofort auf. Die Kühe standen ruhig, das Heu kauend, beieinander. Aus dem hinteren Eck des Stalls fiel das Licht der Kerze zu dem Jungen herüber.

"Hierher, Seppi.", hieß ihn der Franz. "Hierher!".

Als sich der Bub dem Franz näherte, trat der zur Seite. "Da, schau her."

Auf frischem Stroh gebettet, lag dort eine Berner Sennenhündin mit ihrem Nachwuchs. Dem Bub wurde gleich so warm ums Herz, daß er vor den Hündchen auf die Knie fiel und gar nichts mehr zu reden wusste. Nur noch staunen konnte das Kind. Wie es da so kniete, machte sich auch gleich eines der Hundekinder zu ihm auf den Weg. Mit einem freudigen Gejaule erklettert das Hündchen den Buben und schleckte ihm mit seiner winzigen Zunge das Gesichtlein ab.

"Da hat Dich aber einer ganz besonders lieb, Seppi. Das ist unser Krummschwanz."

"Krummschwanz?"

"Ja, da schau." Der Bauer hob das Schwänzlein des Welpen. Ein Knick in der Spitze der Rute war deutlich zu erkennen.

"Ach, ist der lieb. Darf ich den Krummschwanz dem Vater zeigen?"

"Ja klar, lauf nur." Das hätte der Franz nicht zweimal sagen brauchen.

"Vater! Vater!", schallte eine aufgeregte Kinderstimme durch den Stall. Wie ein Sausewind verschwand der Bub mit dem Krummschwanz auf dem Arm in der Stube.

III.

Als der Tag Einzug in der Jachenau hielt, fand auch das Schneetreiben ein jähes Ende. Die Bäuerin hatte gut daran getan, den Männern zu raten, noch ein wenig zuzuwarten. So waren sie denn bis zum Aufbruch in der neunten Stunde noch zusammen in der Stube gesessen. Dem Seppi hatte der Krummschwanz eine wahre Freude bereitet. So gerne hätte er das Hündchen mit zu sich auf den Hof genommen, doch der Alte blieb hart. Der Hund wäre nur noch ein Maul mehr, das gestopft werden wollte. So rauschte der Seppi jetzt ganz traurig eingeklemmt zwischen dem Vater und dem Franz talwärts, und konnte so gar nicht die schöne Schlittenfahrt genießen. Doch dann hatte der Bub einen zündenden Einfall. Auf einmal konnte es ihm nicht schnell genug talwärts gehe. Als er dann die Mutter vor dem

Almhof stehen sah, liefen dem Kind beinah die Tränen. "Mutter! Mutter!", rief er der Bäuerin winkend zu. Jetzt war es sein sehnlichster Wunsch der Mutter alles von dem kleinen Krummschwänzchen zu berichten. Ach, was war die Enttäuschung bei dem Buben groß, als ihm die Bäuerin die Aufmerksamkeit verweigerte und von dem Krummschwanz auch rein gar nichts zum Hören haben wollte. Einzig und allein besorgt war sie, die Männer so schnell alsbald zu dem Stall zu geleiten. So trat der Bichler Franz auch gleich zu der armen Liesl heran. dem Tier schien der Franz ein guter Trost. Geduldig ertrug es die Untersuchung und wurde in seiner Gegenwart immer ruhiger. Dann stand der stand der Franz nach einer Weile auf und redet zu dem Bauern: "Es ist die Hüfte, Sepp! Die Liesl ist wohl auf dem feuchten Boden ausgerutscht und hat sich die Hüften ausgerenkt."

Man hätte meinen können, dem Sepp wäre das Leben aus dem Leib gefahren, so bleich war er ob der der Nachricht geworden. "Was...ja, was heißt das jetzt? Müssen wir die Liesl schlachten?"

Der Franz überlegte bevor er mit Bedacht äußerte: "Ich will versuchen das Gelenk zu richten. Wenn es gut geht, dann geht´s gut. Doch wenn nicht, dann kann ich leider nichts mehr für Euch tun."

"Versuchs, Franz!", beschwor ihn der Plöttner Sepp. "Versuchs! Wenn es einer kann, dann Du!" Wie zum Schutze zog die Bäuerin den Seppi zu sich heran und faltete die Hände zu einem stummen Gebet. Der Franz schaute noch einmal ernst drein, nickte stumm, und begab sich dann an sein Handwerk. Er begann damit der Kreatur an bestimmten Stellen des Hinterbeines mit seinen Ellenbogen tief in das Fleisch hinein zu drücken. Als die Prozedur beendet war, nahm er das Bein und wog es sachte hin und her. Zum Erstaunen der Bauersleute gab die Liesl in all dieser Zeit keinen einzigen Laut von sich. In immer größer werdenden Bögen schwang der Franz das Bein der Kuh, bis er es auf einmal, mitten im Schwung, kräftig an sich heran zog und mit ganzer Kraft nach hinten riss. Aus der Liesl schallte ein seltsam krachend, dumpfer Laut. Das Viech muhte jammervoll auf und verstummte alsbald. Behutsam legte der Franz das Bein der Liesl wieder ab. Im Stall war es jetzt ganz still. Alle starrten den Bichler Bauern erwartungsvoll an. Dann brach der Plöttner Sepp endlich das Schweigen: "Sag was, Franz! Was ist jetzt?"

"Ich denk, das Gelenk sitzt wieder da wo es hin gehört. Mehr kann ich im Moment noch nicht sagen. Ich schau mir die Liesl morgen nochmal an."

Das Leben schien wieder in den Sepp zurückgekehrt zu sein. "Ich hab gewusst, daß Du das kannst, Franz! Vergelt´s Gott, Franz! Ich mach das alles wieder gut, das versprech ich Dir." Auch die Bäuerin atmete tief durch und herzte ihren Buben vor Glück.

"Freut Euch nicht zu früh. Lasst uns den morgigen Tag noch abwarten", mahnte der Bichler Franz. Er löste ein Leinentuch von seiner Koppel, um sich damit den Schweiß aus der Stirn zu wischen. Danach machte er Anstalten zur Heimkehr. Im Vorbeigehen strich er dem Seppi über den Blondschopf und blieb unvermittelt bei dem Buben stehen. Von hier aus sprach er zu den Bauersleuten: "Ihr wollt mir meine Arbeit belohnen?"

Die Anna und der Sepp schauten sich überrascht an. "So wahr, wie wir hier stehen!", erkläret die Bäuerin mit voller Überzeugung.

"Gut!" Dann macht mir und dem Seppi eine Freud. Der Bub braucht einen Freund, und ich hätt da so eine Idee."

IV.

Für den Seppi wurde es die längste Nacht in seinem Leben. Sein kleiner Kopf wollt und wollt einfach nicht aufhören über das kleine Krummschwänzchen nachzudenken. Ach, wenn doch nur der Morgen bald käme, seufzte der Bub immerfort. Der Franz war ein rechter Mann und eine gute Seele obendrein. Wie sehr er den Franz geherzt hatte, immer und immer wieder. Gar nimmer loslassen wollt ihn der Seppi, so eine Freude hatte er ihm bereitet. Doch dann war der Franz irgendwann aufgebrochen und es wurde wieder stiller auf dem Plöttner Hof. Die Anna hatte sich mit dem Bub gefreut, aber der Alte war plötzlich ganz in sich gekehrt. Da hatte das Kind den Vater gefragt, ob er sich denn nicht auch auf das Krummschwänzchen freue?

"Doch, doch", hatte da der Bauer einsilbig geantwortet, bevor er für den Rest des Tages in der Werkstatt verschwand. Das hatte dem kleinen Herz einen rechten Stich versetzt. Doch die Mutter wusste es zu trösten.

"Mach Dir keine Sorgen, Seppi", sprach sie warm. "Wenn der Krummschwanz erst einmal da ist, wird er dem Vater auch gefallen."

Über solchen Gedanken war der Bub dann doch noch irgendwann eingeschlummert. Erst in der Früh entrissen ihn aufgebrachte Stimmen einem sanften Schlaf. Da hielt den Bub rein gar nichts mehr auf seinem Lager. Was war nur los in der Stube?

"Seppi", empfing ihn die Mutter voller Beglückung, "die Liesl ist in der Nacht aufgestanden." Auch dem Bauer war eine schwere Last abgefallen. Er schenkte dem Kleinen einen zufriedenen Blick.

"Jetzt wird alles gut.", rief da der Junge aus.

"Jetzt wird alles gut.", sprach auch die Mutter. "Unserem Herrgott sei Dank, ist die Liesl wieder gesund geworden."

Doch das wollte der Bauer gar nicht gerne hören. "Dem Franz solltest Du danken und nicht Deinem Herrgott. Der hat die Hüften von dem Viech nicht eingerenkt."

"Sepp, das darfst Du nicht sagen. Von unserem Herrgott hat der Franz die Gabe. So hat dann auch der Herrgott der Liesl durch den Franz geholfen."

"Und vorher hat der Herrgott der Kuh die Hüften ausgekugelt. Ein schöner Herrgott ist er, Dein Herrgott."

Da weinte die Bäuerin bitterlich. "Mit deinem schändlichen Gerede bringst Du noch große Sünde über unseren Hof. Das wird Dich unser Herr Jesus noch zu strafen wissen."

"Nix wird er, Dein Herr Jesus, das sag ich Dir."

Das war der Bäuerin schlimm. "Das ist auch dein Heiland, Sepp.", klagte sie bitterlich. Dann war Ruhe in der Stube und ein jeder tat so vor sich hin, um nur nicht in das Aug des anderen schauen zu müssen.

Welche Erlösung, als der Bichler Franz vor der Tür zu hören war. Da war aller Streit vergessen.

"Komm herein, Franz.", hieß ihn der Bauer willkommen. "Die Kuh ist wieder gesund. Dank Dir, Franz!"

"Dann hab ich ja mehr als recht daran getan, den Krummschwanz mitgebracht zu haben." Er öffnete das Wintergewand und zog unter seinem Wams das Hündchen hervor. Dem Seppi wurde auf einmal ganz anders. Mit großen Augen stand er da. "Komm, Seppi", forderte ihn der Franz auf indem er das Krummschwänzchen dem Kind entgegenstreckte. "Willst Du Deinen Freund denn nicht willkommen heißen?"

Da nahm der Bub das Hündchen in die Arme und als der Krummschwanz dem Seppi das Gesicht ableckte, da kullerten dem Kleinen ein paar Tränen über die Wangen. Auch dem Vater, der Mutter und dem Franz war bei dem Anblick ganz warm in der Brust geworden.

"Ich dank Dir, Franz!", sagte der Bauer. "Du hast was gut bei mir."

Da schaute der Franz dem Sepp ganz tief in die Augen und sprach: "Dank nicht mir, Sepp. Dank dem Herrgott, daß Du so eine liebe Familie hast!"

V.

Für den Seppi wurden die Tage im Adventus anno 1806 zur schönsten Zeit im Leben. Keine Stunde verging, in der man das Hündchen nicht gemeinsam mit dem Buben sah. Am Morgen spielten sie in der warmen Stube, am Mittag tollten sie im tiefen Schnee, auf die Nacht schliefen sie gemeinsam im Bettchen des Jungen ein. Keine Freundschaft auf dieser Erden konnte fester und inniger sein, als die zwischen dem Krummschwänzchen und dem Seppi. Auch dem Vater war das Hündchen schon lange keine Last mehr, wodurch die tröstenden Worte der Mutter tatsächlich in Erfüllung gegangen waren.

In diese Zeit hinein erschien am Morgen des dritten Adventus ein prächtiges Pferdegespann vor dem Plöttner Hof. Schon von weitem war das Klirren des Geschirrs über dem Tal zu hören. Zwei edle schwarze Rappen zogen einen soliden Schlitten aus erlesenem Holz. Gekonnt lenkte der Schwager das Gefährt mit der erlauchten Fracht durch den verschneiten Wald und brachte es sodann sicher vor der Schwaige zum Stehen.

"Sepp, komm schnell, der Gutsherr kommt.", hieß die Bäuerin aufgeregt ihren Mann. Hastig richtete sie Kopftuch und Schürze zurecht.

Der Bauer trat ans Fenster, sogleich befahl er seinem Weib: "Schnell, richte Tee und Brotzeit her." Dem Seppi war die Aufregung ein Riesenspaß, denn nicht alle Tage kam Besuch hier herauf auf den Berghof, schon gar nicht in der Winterzeit. Da staunte der Bub dann auch nicht schlecht, als der Baron Leopold von Groningen, nebst seiner kleinen Tochter Clementine, die einfache Stube der Bauersleute betrat. Der Seppi konnte sich nicht erinnern, in seinem Leben je so feine Gewänder und Pelze gesehen zu haben. Auch dem Krummschwänzchen imponierte der Besuch sehr. Ganz erstaunt drehte er sein Köpfchen von einer Seite zur anderen, gerade einmal so, als wolle er fragen, warum der Mann ein so viel schöneres Fell anhatte, als er. Kaum, da der Bauer den hohen Besuch begrüßt hatte, stürmte das Mädchen auch schon auf den Seppi und das Krummschwänzchen zu.

"Mei, Vater! Schau wie süß das Hündchen ist." Vor Entzücken hüpfte die Baronesse, lachte und klatschte sich dabei in die Hände.

Der Seppi wurde auf einmal ganz stolz, da dem feinen Mädchen das Krummschwänzchen so sehr gefiel. "Das ist das Krummschwänzchen.", sagte er freudig. "Mein Freund."

"Mei, Vater. Schau, das ist das Krummschwänzchen."

"Sehr schön, Clementine", erwiderte der Gutsherr seinem Töchterchen, und zu dem Bauern gewandt sagte er: "Die Kinder sollten spielen gehen, damit wir in Ruhe alles besprechen können!"

Dem Seppi war das allemal recht, den jetzt konnte er der Clementine doch erst richtig zeigen, was für ein Racker das Krummschwänzchen war. Und die Clementine hatte für die nächste Zeit ihre wahre Freude, mit dem Seppi und seinem Hündchen, so sehr, daß sie gar nimmer gehen wollte, als der Vater ihr zur Heimkehr rief. Da kam es recht, daß der

Bub dem Mädchen das Angebot machte, jederzeit wieder auf den Hof zu kommen, um mit dem Krummschwänzchen ein lustiges Spiel zu spielen. Da fiel der Clementine der Abschied nicht zu schwer. Alle standen sie da vor dem Hof beieinander. Der Vater, die Mutter und der Seppi mit dem Hündchen und winkten dem Schlitten hinterher.

Dem Bauer und der Bäuerin hatte der Besuch der hohen Herrschaft wohl nicht so sehr gefallen, denn noch auf die Nacht wurde in der Stube kaum gesprochen und wenn, dann nur von solchen Dingen, von denen der kleine Seppi rein gar nichts verstand. Voller Zorn sprach der Vater von Pachterhöhung und noch mehr Ertrag im neuen Jahr. Die Mutter schwieg alle Zeit und einmal sah sie der Bub sich Tränen aus den Augen wischen. Da ging er zusammen mit dem Hündchen zu ihr hin, um sie zu trösten. Da wurde die Mutter wieder gut mit der Welt.

"Ach, wenn ich Dich nicht hätt.", sprach sie und strich dem Buben dabei sanft über den Kopf.

"Und das Krummschwänzchen!", ergänzte der Seppi mit funkelnden Augen.

"Und das Krummschwänzchen!", bestätigte die Mutter liebevoll.

So verging die letzte Zeit des Jahres in der Jachenau mit einem Winter, der sich zur Freude der Menschen von seiner schönsten Seite zeigte. All die Tage strahlte die Sonne ihre Wärme von einem blauen Himmel herab, und selbst hier heroben auf den Schattenhöfen, war das Leben der Menschen erträglich geworden. So manches Mal machten der Seppi und der Vater eine Wanderung durch den tief verschneiten Winterwald, und immer begleitete sie dabei auch das Krummschwänzchen.

Am Morgen des 16. Dezembertages traf unerwartet der prächtige Schlitten des Barons von Groningen wieder auf der Schwaige ein. Doch der Schwager lenkte diesmal ein leeres Gefährt vor das Gehöft. In aller Eile steig der drahtige Mann vom Bock, lockerte seine schwarzen Gewänder, und verschwand hinter der schweren Holztür zur Plöttner Alm.

"Grüß Gott, Bauer.", sprach er, als er die Stube betrat und zog seinen Hut.

"Grüß Gott.", entgegnete der Sepp überrascht ob des morgendlichen Besuchs.

"Ich muss Euch sprechen, Bauer. Allein!"

Der Alte gab dem Weib mit einem stummen Kopfnicken zu verstehen, daß es mit dem Buben die Stube zu verlassen hatte.

"Komm, Krummschwanz.", sprach der Bub und folgte der Mutter mit dem Hündchen in die Stallung.

Es wurde kein langes Gespräch zwischen dem Schwager und dem Plöttner Sepp. Schon nach kurzer Zeit öffnete der Bauer den Verschlag zum Stall. Die Mutter und der Seppi standen gerade bei der Liesl und gaben dem genesenen Vieh ein gutes Stück Heu. Da trat der Bauer stumm zu ihnen heran und schaute ernsthaft drein. So blieb er einen Moment lang vor den beiden stehen, so daß der Mutter und dem Bub recht angst wurde. Dann nahm er dem Seppi hastig das Krummschwänchen ab und sprach: "Ihr bleibt da, bis ich wiederkomm!"

VI.

Stund um Stund hatte der Bub bitterlich geweint. Alles Erklären des Vaters, alles Trösten der Mutter, hatte seinen Zweck nicht erfüllt. Erst zu später Nacht wurde das Kind durch die Gnade eines erschöpften Schlafes von der bitteren Trauer erlöst. Der Baron von Groningen hatte den Schwager am frühen Morgen in Richtung Plöttner Alm entsendet, dem Bauer mitteilen zu lassen, die Baroness, sein väterlich über alles geliebtes Töchterlein, wünsche sich nichts Sehnlicheres, als das Krummschwänzchen zur Weihnacht. Als Präsent! Hierzu mache er dem Bauern ein stattliches Angebot, welches Auszuschlagen für den Senner, ob seiner prekären Lage, nicht in Betracht käme. Er, der Baron Leopold von Groningen, erlasse dem Senner die Erhöhung der Pacht für das kommende Jahr, und da er kein Unmensch sei, lege er seiner Offerte noch drei Goldmünzen anbei. Der Schwager verstand sich gut darauf, die Interessen seines Herren zu vertreten. Eindrucksvoll legte er nach vorgetragener Rede dem Bauern einen Goldtaler nach dem anderen auf den Tisch. Da brauchte der Plöttner Sepp nicht lange mit sich ins Gericht zu gehen. Für diese Summe könnte er dem Seppi hunderte Hündlein kaufen. Da werde auch der Bub ein rasches Einsehen haben und gut auf den Krummschwanz verzichten können. Doch das, was dem Bauern auf Anhieb verständlich in den eigenen Sinn gekommen war, wollte dem Seppi selbst mit innigster Zurede so gar nicht begreiflich werden. Der Bub weinte immerfort, so jämmerlich, als sei alle Welt um ihn versunken. Da wusste sich der Bauer keinen anderen Rat und schickte den Buben unter Schimpf und Tadel allein auf sein kaltes

Nachtlager. Noch bis tief in die Nacht hinein war das Schluchzen des Kindes zu hören. Als am Morgen des folgenden Tages, die ersten Strahlen der Sonne zaghaft das tiefe Schwarz im Tal der Jachenau durchbrachen, lag die Alm schweigsam unter einer tiefen Schneedecke da. Doch jäh durchdrang ein schmerzhaftes Klagen der Mutter die Stille des neuen Tages.

"Jesus, Maria und Josef. Der Bub ist weg! Sepp, schnell, komm! Der Bub!"

Mit einem Sprung stand der Bauer neben der Anna in der Kammer und starrte auf das leere Nachtlager.

"Geh, Weib!", befahl er barsch. "Schau im Stall und überall nach, wo der Seppi sich versteckt haben könnte."

Doch alles Suchen und Rufen der Eltern ward ohne Erfolg beschieden. Der Bub blieb verschwunden. Das brach das Herz der Mutter. Mit bebender Stimme beschwor sie ihren Herrgott im Himmel, ihnen die Schuld zu vergeben, die sie auf sich geladen hatten. Das Geld war ihnen von größerem Wert, als das Glück ihres Kindes gewesen.

Die Klage wog sehr schwer. Da gebot ihr der Alte auf der Stelle zu schweigen. "Was hätt ich denn tun sollen?", rief er der Anna verzweifelt entgegen. "Dem Grafen sagen, daß wir das Geld nicht brauchen? Das wir die hohe Pacht im neuen Jahr gern für ihn erwirtschaften?"

Da hob die Bäuerin den Kopf und sprach von Angesicht zu Angesicht. "Sepp, es ist keine Last, die wir zum Tragen haben, wenn der Graf nach mehr Geld verlangt. Aber es ist eine

Last für alle Zeiten, wenn der Seppi sein Leben in der Kälte lässt!"

Da wurde auch dem Bauern eng in der Brust. Hastig raffte er Mantel, Hut und Stock zusammen, schnürte sich den Schal um den Hals und machte Anstalten zum Gehen.

"Wo willst Du hin?", erflehte die Anna eine Antwort, doch der Bauer verschwand wortlos durch die Tür. Mit festem und eiligem Schritt sah sie den Sepp am Fenster vor der Stube vorbeiziehen. Sein Weg verriet der Anna sofort, wohin es ihrem Mann nun zog. Zu dem einzigen, der jetzt in dieser schweren Stunde helfen konnte. Hinauf zum Bichler Franz.

VII.

In der Stube war es jetzt still. Nur das Knistern und Rauschen des Feuers im Ofen war zu hören. Der Plöttner Sepp hatte seine Rede beendet und schwieg. Das einfühlsame Gesicht des Bichler Franz wurde hart.

"Und Du glaubst, der Seppi sei zu mir da herauf gekommen?"

"Ja.", brachte der Vater nur noch verzweifelt hervor. "Wo sollt der Bub denn sonst sein?"

Der Franz schüttelte verständnislos den Kopf. "Geh in Dich, Sepp! Geh in Dich und erforsche Dein Herz, wo der Bub sein könnt. Den rechten Weg, kann Dir nur Dein Herz zeigen."

"Sag Du es mir, Franz! Sag mir, wo ich den Buben finden kann. Wenn es einer kann, dann Du!"

Für einen ewig langen Moment schaute der Bichler Franz dem Plöttner Sepp ganz tief in die Augen. Dann hob er an und sprach sanft: "Geh jetzt, Sepp! Wenn Dein Herz Dir den Weg nicht zu Deinem Jungen zeigt, dann kann ich Dir auch nicht helfen. Dann kann Dir niemand helfen. Und jetzt geh!"

Dem Sepp stiegen Tränen in die Augen. Zögerlich nickte er mit dem Kopf, gerade so als wolle er dem Franz damit zum Ausdruck bringen, daß er verstanden habe, was er ihm gerade gesagt hatte. Schweigsam, mit schwerer Last beladen, erhob sich der Vater vom Tisch. Ohne einen Gruß zum Abschied, schloss er die Tür der Stube, in aller Stille, hinter sich zu.

Und wieder war nur das Knistern und Rauschen im Ofen zu hören.

VIII.

Alleine kniete die Bäuerin vor dem Herrgottswinkel. Kerzenschein erleuchtete die Stube. Schnee jagte mit Sturmgetöse um den verlassenen Berghof und die Nacht war so kalt, wie nie zuvor. Seit Stunden war die Anna in Gebeten vertieft, bemüht, im Kampf ihre Angst hernieder zu ringen, bereit, jedes Versprechen ihrem Herrgott zu geben, wenn dieser ihr die Liebsten nur wiederbringe. Der Bub war noch immer verschwunden. Groß war die Angst, schmerzhaft brannte die Seele. So saß die Anna die ganze Nacht bis in die frühen Morgenstunden da, als es plötzlich kräftig an die Tür schlug. Den Schnee von seinem Gewand klopfend, betrat der Bichler Franz die Stube.

"Grüß Dich, Anna." Sein Blick verfinsterte sich, als er die Bäuerin kniend vor dem Kruzifix sah. "Immer noch keine Spur von dem Bub?"

Da brach die Anna in lautes Weinen aus. "Franz, der Sepp ist auch nicht heim gekommen. Und ich hab die Hoffnung gehabt, er wär bei Dir."

Da wurde auch dem Franz die Sorge groß. Ohne ein weiteres Wort für das arme Weib schlug er die Tür wieder hinter sich zu und ging. Da flammte in der Anna eine gute Hoffnung auf, für die sie dem Herrgott innständig dankte. "Jetzt wird alles gut.", dachte sie und schloss ihre tränennassen Augen.

❖

IX.

Seit einigen Stunden marschierte der Plöttner Sepp nun schon durch den tiefen Schnee auf Benediktbeuern zu. Sein eisiger Weg führte ihn hinab ins Tal, von Jachenau aus am Walchensee vorüber, hinauf zum Kesselberg. Immer und immer wieder hörte er den Bichler Franz zu ihm sagen: "Den rechten Weg, kann Dir nur Dein Herz zeigen." Das hatte der Franz zu ihm gesagt, dann war er aufgestanden und gegangen. Jetzt beim Abstieg nach Kochel, da die Nacht mit einem Schneesturm über ihn hereinbrach, spürte er weder seine Hände noch Füße. Wie in einem bösen Alpdruck begann sein Körper ihm den Gehorsam zu verweigern. "Nur eine kurze Rast.", sprach er tröstlich zu sich selbst, denn Kochel musste erreicht sein, noch bevor der letzte Lichtstrahl der Sonne erloschen war. So setzte er sich nun, mit letzter

Kraft, auf einen umgefallenen Baumstamm und schloss erschöpft die Augen. Der Zweifel nagte hart an ihm. Konnte es sein, daß der Bub diesen beschwerlichen Weg allein gegangen war? Ein Kind von sieben Jahren. Er atmete tief und langsam und genoss die Wärme, die in seinem Körper aufstieg. Die Ruhe tat ihm gut. So saß er eine Weile da, als er jäh ein helles Licht verspürte. Irritiert öffnete er seine Augen. Beinahe hätte er sich zu Tode erschrocken, als er einen Mann in einem langen Gewand vor sich stehen sah. Doch das sanfte Gesicht und die weiche Stimme des Anderen nahmen ihm gleich jegliche Angst.

"Hallo, Josef.", sprach der Mann. "Hast Du endlich Deinen rechten Weg gefunden?"

"Kennen wir uns?", wollt der Plöttner Sepp von dem Anderen wissen.

"Aber ja doch, Josef.", sprach da der Fremde. "Wir kennen uns schon sehr lange." Mit einem Lächeln streckte ihm der Mann die Hand entgegen. "Komm! Steh auf! Ich will Dir etwas sehr Schönes zeigen."

Der Sepp wusste nicht wie ihm geschah. Doch er nahm die Hand des Mannes und in dem Moment war ihm, als tauche sein Körper in eine Wanne heißen Wassers. Auch sein Herz sprang plötzlich voller Freude und Zuversicht. So folgte der Plöttner Sepp, ganz ohne Angst, dem Mann immer tiefer in den Wald hinein. Währenddes brach unaufhaltsam die eisige Nacht über dem Land herein.

X.

Erschöpft war die Bäuerin doch noch in der Stube eingeschlafen. Selbst im Schlaf kniete sie mit zum Gebet gefalteten Händen vor dem Kreuz. Es war zur zwölften Stunde des neunten Tages, als Geräusche vor dem Hof sie aufschrecken ließen. Ihre Beine schmerzten, als sie aufstand, um ans Fenster zu treten. Der Atem stockte ihr, als sie erkannte, wer da soeben eingetroffen war.

Zwei Männer in schwarzen Gewandungen waren gerade damit beschäftigt, eine auf der Rückbank des Pferdeschlittens mit derben Lederriemen befestigte Trage, zu lösen. Der Baron von Groningen und ein weiterer Mann mit schwarzer Robe, Zylinder und einer großen schwarzen Ledertasche, sahen den beiden geschäftig zu und gaben lautstark Anweisungen, doch endlich vorsichtig zu sein. Ein Wehklagen brach aus der Bäuerin heraus, als sie unter den dicken Fellen das Gesicht ihres Buben erkannte. Zugleich wurde auch schon der Verschlag zur Stube weit aufgetan und der Mann mit dem Zylinder befahl den Trägern mit der Bahre herein zu kommen.

"Bäuerin, schnell. Wo ist das Bett des Jungen?" Ohne ein Wort hastete die Anna voran. Vermocht betteten die Männer den bewusstlosen Buben um und verschwanden in aller ergebener Stille wieder nach draußen.

Tränenüberströmt stürzte die Anna an das Lager ihres leblosen Buben.

"Ich gab ihm ein Schlafmittel.", sprach der Mann mit dem Zylinder. "Habt keine Sorge, der Bub wird leben!"

Da hörte die Bäuerin das Schluchzen auf und schaute ungläubig vom Bett des Jungen herüber.

"Doktor Ferdinand Langstätten. Ich bin Arzt." Der Mann lächelte gütig. Da betrat der Baron die Stube. Er trat zur Bäuerin heran, legte tröstlich seine Hand auf ihre Schultern und begann sogleich mit der Darlegung der Begebenheiten.

Am frühen Morgen, hatte einer der Bediensteten den Seppi zusammengekauert und mit Schnee überdeckt, in einem Treppengang zum Keller des Herrenhauses derer von Groningen, in Benediktbeuern, aufgefunden. Sogleich habe man den Buben in eines der warmen Zimmer verbracht und Herrn Doktor Langstätten hinzu konsultiert. Nach warmen Aufgüssen und reichlich gesüßtem heißen Tee, sei der

Bub, wenn auch zu schwachen Kräften, gelangt. Nach seinem Anlass befragt, warum er die Nacht in eisiger Kälte fernab von zuhause von Vater und Mutter verbracht habe, soll er wie im Fieber von dem Krummschwänzchen begonnen haben zu sprechen. Als die Anna das hörte, weinte sie erneut bitterlich. Es sei nun gut, daß sich der Bub noch schone und langsam wieder zu Kräften komme. Darum habe der Herr Doktor Langstätten dem Seppi eine Injektion Laudanum verabreicht. Das Kind werde bestimmt noch bis zum nächsten Morgen schlafen. Dann wolle er, der Baron, wieder mit dem Herrn Doktor Langstätten vorbei kommen, um nach dem Zustand des Kindes zu schauen. So sprach der Baron, und mit einem Kopfnicken beschied er dem Arzt nun zu gehen. Die Bäuerin kniete indes voller Demut vor dem Lager ihres Kindes, ihr Gesicht hinter den zerfurchten Händen verborgen. Noch immer fiel leise Schnee vom Himmel herab. In aller Stille, ein jeder in seinen Gedanken, setzten die Männer den Schlitten für die Rückfahrt in Stand. Gerade als der Schwager die Gerte anhob, bog eine Gestalt um den verschneiten Waldweg, hinauf zur Plöttner Alm. Der Baron gebot dem Kutscher zu warten. Mit jedem beschwerlichen Schritt, den sich der Fremde den Männern näherte, wuchs die Besorgnis. Geschultert trug die unheimliche Gestalt einen leblosen Mann den Berg hinauf. Ohne sie eines Blickes zu würdigen, stapfte der Unbekannte an ihnen vorbei. Der Baron, sowie der Arzt, folgten dem Namenlosen, zurück in den Berghof.

Mit einem Keuchen legte der Mann den leblosen Körper des Anderen behutsam auf dem

Boden der Stube ab. Da erschrak der Baron, als er erkannte, wer da zu seinen Füßen lag. Sofort kniete der Arzt hernieder, um nach dem reglosen Mann zu schauen.

"Anna!", rief da der seltsame Fremde. "Anna!"

Beim Ausruf des Bichler Sepp eilte die Bäuerin sehnlich herbei. Als sie die Männer sah, hielt sie erschrocken inne. Entsetzt starrte sie in die Augen des Arztes, der neben ihrem Mann kniete und mit einer Hand an dessen Hals tastete. Es herrschte eine unheimliche Stille. Die Zeit stand still. Da nahm der Arzt seine Hand und schloss dem Plöttner Sepp die weit aufgerissenen Augen.

"Es tut mir leid.", sprach er zu der Bäuerin gewandt. Dann stand er auf.

Da durchfuhr ein quälender Schrei die Stube. Weinend brach die Anna in sich zusammen. Noch zur rechten Zeit konnte der Bichler Franz das arme Weib in seine Arme nehmen. Als sich die Anna, trotz aller Zuwendung gar nicht mehr beruhigen wollte, da schüttelte sie der Franz und sprach: "Anna! Anna, hör was ich Dir zu sagen habe. Als ich den Sepp im Wald vor Kochel gefunden habe, da lebte er noch. Er saß auf einem Baumstamm, den Mantel weit geöffnet, den Schal neben sich liegend. Es sah gar so aus, als sei ihm warm. In der Hand hielt er diese drei goldenen Münzen. Als er mich erkannte, da sprach er leise zu mir: *Franz! Mein guter Franz! Da bist Du ja. Weißt Du, der Engel des Herrn hat es mir gesagt, daß Du kommen würdest, mich zu holen. Sag der Anna, was der Engel mir gezeigt hat. Sie soll sich keine Sorgen machen. Sie und der*

Seppi werden ein gutes und langes Leben haben. Grüß die beiden recht schön von mir und sag ihnen, daß ich sie von ganzem Herzen liebe und immer bei ihnen sein werde. Versprichst Du mir das, Franz? Ich hab dem Sepp, hoch und heilig versprochen, was er von mir verlangte. Da sagte er zufrieden: *Dank Dir, Franz! Und jetzt bring mich nachhause zu meiner Frau und meinem Buben!* Da hab ich ihn auf die Schulter genommen und hier herauf zu Dir und dem Seppi gebracht. So, wie es sein letzter Wille war."

Als die Anna das hörte, verstummte ihr Weinen. Da brachte sie ihre Kleidung in eine rechte Ordnung, legte die drei Goldmünzen auf den Tisch, die ihr der Franz gegeben hatte, und trat vor den Herrgottswinkel. Dort bekreuzigte sie sich. Dann kniete sie sich zu ihrem Mann hernieder und gab ihm einen sanften Kuss auf die Stirn. Noch einmal strich sie ihm liebevoll über das Haar. "Ich liebe Dich auch, von ganzem Herzen.", sagte sie, stand auf und ging zurück in die Kammer zu ihrem Buben.

XI.

Wie angekündigt erschienen Baron Leopold von Groningen und der Arzt am nächsten Morgen, um sich nach dem Wohlbefinden des Kindes zu erkundigen. In der Tat hatte der Bub, wie von Doktor Langstätten vorhergesagt, bis jetzt hindurch tief und fest geschlafen. Die Nacht über hatte die Bäuerin abwechselnd am Bett des Buben und am Totenlager ihres Mannes gewacht. Entgegen der Empfehlung des Arztes, hatte die Anna befehligt, den Sepp für die Nacht auf dem Hof zu belassen und erst am nächsten Tag mit dem Schlitten gegen Jachenau zu überführen. Auch der Baron pflichtete der Anna bei, denn es sei der Wunsch ihres Mannes gewesen, eine letzte Nacht bei seiner Familie zu verbringen und diesen letzten Willen gelte es jetzt zu respektieren. So hatte die Anna von ihrem Sepp in Ruhe und mit Liebe Abschied nehmen können. Jetzt standen alle beisammen am Bett des Kindes und Doktor Langstätten horchte mit dem Hörrohr auf die Brust des Buben. Vielsagend verzog er seine Miene und gestikulierte in Richtung des Barons von Groningen. Der befehligte umgehend einen der schwarzgewandeten Männer, der folgsam aus der Stube verschwand, und nur kurze Zeit darauf mit einem Stoffbündel in der Hand erschien. Der Baron nahm das Bündel entgegen, und schlug behutsam den edlen Loden auseinander. Zum Vorschein kam das kleine Krummschwänzchen. Mit Bedacht setzte er das Hündchen auf das Bett des Jungen. Der Krummschwanz war gleich ganz aufgeregt und schnupperte sich geradewegs zum Gesicht des Buben vor. Wild jaulend vor Freude leckte das Hündchen dem Seppi Mund und Nase mit der kleinen rauen

Zunge ab. Da prustete der Bub und wischte sich mit dem Handrücken über das Gesicht. Noch unwissend über das Geschehene blickte sich der Bub in der Stube um und entdeckte das Hündchen.

"Mein Krummschwänzchen, mein liebes, liebes Krummschwänzchen! Da bist Du ja.", begrüßte der Junge überglücklich seinen Freund. "Mutter, da schau, der Krummschwanz ist wieder da." Er herzte das Hündchen. Doch dann entdeckte der Bub den Baron von Groningen in der Ecke der Stube und sein Blick verfinsterte sich.

"Keine Angst, Seppi.", beruhigte ihn der edle Mann. "Der Krummschwanz und Du, seid jetzt für immer zusammen. Es wird Euch keiner mehr trennen. Das versprech ich Dir."

Das konnte der Bub bald gar nicht glauben, was der Baron da gerade zu ihm gesagt hatte. "Mutter, hast Du das gehört? Der Krummschwanz bleibt jetzt für immer bei uns!"

"Ja, Seppi, das habe ich gehört.", antwortete die Mutter liebevoll.

"Mei, das muss ich gleich dem Vater sagen.", jubelte das Kind von neuem und machte Anstalten sich von seinem Lager zu erheben.

Da setzte sich die Mutter zu dem Buben ans Bett und sprach sogleich: " Mach langsam, Seppi. Du musst Dich schonen. Der Vater weiß das schon, und ich soll Dir von ihm sagen, daß auch er sich freut daß der Krummschwanz jetzt bei uns bleibt."

Da legte sich das Kind beruhigt hernieder. Mit dem Hündchen im Arm war es in wenigen Minuten wieder in einen sanften Schlummer entschwunden.

XII.

Die Leichenfeier fand am Morgen des Heiligen Abend in der Kirche zu Sankt Nikolaus in Jachenau statt. Das ganze Tal hatte sich versammelt um dem Plöttner Sepp die letzte Ehre zu erweisen. Er sei ein angesehener, rechtschaffener Mensch gewesen. Ein Mensch, gerade heraus, mit ehrlichem Herzen, bereit zu helfen wann immer Not am Manne gewesen sei, ganz nach dem Wohlgefallen Gottes des Allmächtigen, so sprach es der Pfarrer und ein jeder in der Jahrhunderte alten Kirche hätte dies zu bestätigen gewusst. So wie auch jeder in dieser schweren Stunde bereit war, der Anna und dem Seppi beizustehen. Der Baron von Groningen hatte es sich nicht nehmen lassen, die beiden nach der Beisetzung mit dem Schlitten wieder nachhause auf den Berghof zu fahren. Als sie sich durch den verschneiten

Winterwald in der Dämmerung näherten, wunderte es die Anna sehr, daß bereits Licht durch eines der kleinen Fenster nach draußen fiel. Doch wie war die Verwunderung erst groß, als sie gemeinsam in die Stube eintraten. Da stand in der Mitte der Stube ein Tannenbaum, geschmückt mit Kerzenlichtern, Lebkuchen und schmackhaften Äpfeln. "Mei, Mutter, schau.", jubelte der Seppi. "Wie schön der Baum ist." Und sogleich kam das Krummschwänzchen hinter dem warmen Ofen hervor, um die Heimkehrer auf das Herzlichste zu begrüßen. Da traten die Bäuerin Tränen in die Augen und sie dankte dem Baron sehr für seine Fürsorge. Doch der wollt von all dem Dank rein gar nichts hören. Stattdessen sprach er ergriffen zu der Anna: "Vergebt mir. Ich wollt ich könnt die Uhr zurückdrehen."

XIII.

Zu später Stund saß die Anna noch allein mit dem Seppi in der Stube und betrachtete den Weihnachtsbaum. Das Krummschwänzchen schlief ganz ruhig neben dem warmen Ofen.

"Und der Vater ist jetzt beim lieben Gott?", wollte der Seppi von der Mutter wissen.

"Ja", antwortete die Bäuerin. "Der Vater ist jetzt beim lieben Gott und gibt von dort aus auf uns alle Acht. Er ist jetzt für immer bei uns, in unseren Herzen!"

Da lächelte das Kind die Mutter an und sprach: "Das ist gut. Dann ist der Vater immer bei mir, egal wo ich auch bin."

"Ja, der Vater ist für immer bei Dir!", antwortete die Mutter und drückte den Seppi liebevoll an ihre Brust.

XIV.

Als Pfarrer Antonius Steigenberger an diesem sonnigen ersten Weihnachtstag anno 1806 die Türen zu Sankt Nikolaus in Jachenau öffnete, schimmerte ein merkwürdiger Widerschein vom Altar zu ihm herüber. Voller Ehrfurcht näherte er sich dem geweihten Tisch des Herrn. Ungläubig nahm er in die Hände, was die Ursache dieser seltsamen Erscheinung war. Es waren drei Münzen aus purem Gold.

Verehrte Leserschaft,

am Heiligen Abend anno 1856, dem fünfzigsten Todesjahr meines geliebten Vaters Josef Plöttner, habe ich diese, meine persönlichen Erinnerungen, zu Ehren und im lieblichen Angedenken an meine Eltern niedergeschrieben. So wie der Engel des Herrn meinem Vater voraussagte, hatte meine Mutter ein langes erfülltes Leben. Sie starb anno 1873 im Alter von stolzen 92 Jahren. Zeit unseres Lebens haben meine Mutter und ich die liebevolle und fürsorgliche Anwesenheit meines Vaters tief in unserem Herzen gespürt. Ich danke Gott von ganzem Herzen, daß ich diese beiden edlen Menschen meine Eltern nennen durfte.

Seit den Geschehnissen in jenen Tagen, ist mir die Weihnachtszeit immer etwas ganz besonderes gewesen, erinnert sie mich doch daran, meine Aufmerksamkeit auf die wichtigen Dinge des Lebens zu lenken. Lassen Sie mich meine Niederschrift mit einem Ausspruch von Franz Bichler beschließen: *Den rechten Weg, kann uns nur unser Herz zeigen.*

Ein gesegnetes Weihnachtsfest wünscht Ihnen Ihr Seppi Plöttner

Nachruf

Am 13. Januar anno 1887 wurde auch unser geliebter Vater und treusorgender Ehemann Josef Plöttner von Gott dem Allmächtigen nach Hause gerufen. Er starb friedlich und im Einklang mit sich und den Menschen im Kreise seiner Familie. Bis zur letzten Stunde wachte sein Hund Ferdinand, ein Urenkel seines geliebten Krummschwänzchens, treu an seiner Seite.

München im Januar 1887

Sophie Plöttner geborene Dallmeyer
Leopold & Clementine Plöttner

ALS DIE HEILIGE JUNGFRAU MARIA VER-SCHWAND

Eine bayerische Weihnachtsgeschichte
von Mario Buchner

Als der Herrgott dem Johannes Huber aus Königsdorf in der Schlacht bei Hohenlinden anno 1800 den lieben Vater nahm, ersann der Bub eine denkfeste List, die dem Bernauer Sepp, einem Sonderling ohne seinesgleichen, beinah den Kopf gekostet hätt.

Broschiert 56 Seiten
Verlag: Books on Demand
Auflage : 1 (23. Oktober 2017)
ISBN-13: 978-3746012490
Preis: 4,99 €

NANTESBUCH

Eine bayerische Erzählung zur Weihnachtszeit
von Mario Buchner

Im fünfzehnten Erdenjahr der Antonia Maria Doninger verkündet der Vater, daß es von nun an genug sei mit der elterlichen Obsorge. Fortan habe die Tochter ihr Auskommen selbst zu bewerkstelligen. An jenem schicksalhaften Tage im Jänner anno 1832 verließ die Antonia Maria Doninger mit elf weiteren Kindern auf einem Hänger des Magnus Habereder die Stadt Salzburg. Keines würde je wiederkehren.

Broschiert 116 Seiten
Verlag: Books on Demand
Auflage : 1 (4. Juni 2013)
ISBN-13: 978-3732240098
Preis: 9,95 €

NANNERL

Eine bayerische Weihnachtsgeschichte
von Mario Buchner

Maria Annalena Donhauser erblickt am Heiligen Abend des Jahres 1867 unter unerklärlichen Umständen das Licht der Welt. So rätselhaft, gar dunkel die Umstände der Geburt auch gewesen sein mögen, so geheimnisvoll, wenn nicht gar unergründlich, ist das Nannerl den Menschen Zeit seines Lebens geblieben.

Broschiert 56 Seiten
Verlag: Books on Demand
Auflage : 1 (10. September 2012)
ISBN-13: 978-3848221691
Preis: 4,95 €

www.bayerische-weihnachtsgeschichten.de